これから猫《ねこ》を飼《か》う人に伝えたい11のこと

短歌・文 仁《に》尾《お》智《さとる》
絵 小《こ》泉《いずみ》さよ

辰巳出版

まえがき

本書は、二〇一五年十二月から二〇一六年一月にNPO法人東京キャットガーディアンにて開催《かいさい》した「これから猫《ねこ》を飼《か》う人に伝えたい10のこと展《てん》」の冊子《さっし》を加筆修正《かひつしゅうせい》したものです。

私家版《しかばん》では触《ふ》れていない「去勢《きょせい》・避妊《ひにん》」の項目《こうもく》を加え「これから猫を飼う人に伝えたい11のこと」となりました。

私家版発行より、すでに五年以上の月日が経《た》っているため、現在《げんざい》の我《わ》が家《や》とは猫の匹数《ひきすう》など細かい部分で異《こと》なっていますが、それらはあえて原文のままとしています。

猫との暮《く》らしの心がまえみたいなものを、十一のテーマに沿《そ》ってエッセイ・短歌、小泉《こいずみ》さよさんの描《か》き下ろしイラストで綴《つづ》っています。

これから猫を飼う人にはもちろん、すでに飼っている人、以前飼っていた人、大人になったら飼おうと思っている人、飼う予定はない人、みんなに楽しんでいただきたいです。

そして、あなたが猫を飼おうとしたとき、最初の選択肢《せんたくし》が「保護《ほご》猫」でありますように、と切《せつ》に願っています。


《微風《びふう》だが先輩風《せんぱいかぜ》を吹《ふ》かせたい　これから猫を飼う人たちに》

二〇二一年五月　仁尾《にお》 智《さとる》

もくじ

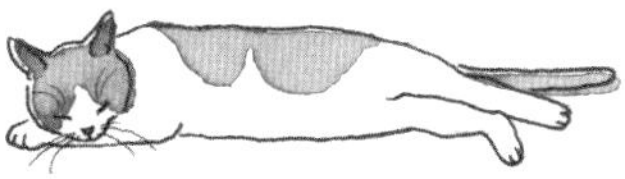

1

二十年

自分の過去《かこ》二十年を思い浮《う》かべてみると、二十年前の僕《ぼく》には思いもよらないことが平気で起こっている。過去の僕が今の僕を見ると、驚《おどろ》くだろう。

え、結婚《けっこん》してんの!? 猫《ねこ》を飼《か》ってる? 九匹《ひき》も! 短歌って何!? 秦野《はだの》ってどこ!?(現住所です)

二十年前の僕が、混乱《こんらん》している様子が目に浮かぶ。二十年というのはそういう年月だ。

猫の寿命《じゅみょう》は、長生きして二十年くらい。これから猫を飼うあなたにも、今後二十年の間にいろんなことが起こると思います。引っ越《こ》したり、転《てん》職《しょく》したり、家族が増《ふ》えたり、逆《ぎゃく》に減《へ》ったり……。

そのすべての場面に「猫がいること」を前提《ぜんてい》とする必要があります。「いま」だけでなく、「この先二十年」を想像《そうぞう》してみてください。

そこに猫がいる二十年。猫があなたを追い抜《ぬ》いて年を取っていく二十年。

猫を迎《むか》えるときにはいつも「健《すこ》やかなるときも、病《や》めるときも……」というフレーズがよぎります。妻《つま》とは結婚式も挙げていないくせに、です。


猫を飼うことは、当たり前だけれど、猫の一生をまるごと引き受けることです。

僕《ぼく》の手に
もう生傷《なまきず》がないことで
子猫《ねこ》が猫に
なったと気づく

2

去勢《きょせい》・避妊《ひにん》

我《わ》が家《や》の猫《ねこ》は、みんな保護《ほご》猫だ。庭に迷《まよ》い込《こ》んできたり、ゴミ収集場《しゅうしゅうじょう》に捨《す》てられていたり、母猫に育児放棄《いくじほうき》されたり……。ひとつ何かが違《ちが》えば、もうこの世には存在《そんざい》していなかったかもしれない命ばかりだ。

なんで？ なんでこんな危《あや》うい生命体とたくさん出会うの？ 答えは簡単《かんたん》で「たくさん存在するから」。猫は繁殖力《はんしょくりょく》が強い。去勢・避妊手術《しゅじゅつ》をしないと、どんどん増《ふ》えていく。幸せな猫が増えてほしいのに、外の過酷《かこく》な状況《じょうきょう》で産み落とされる速度のほうが速くて、追いつかない。去勢・避妊手術によって、猫が増えすぎないようにするのは、人間の役目だと思う。

「殺処分《さつしょぶん》」なんて悲しい言葉のない未来のために。

「家の中で飼《か》うのであれば、去勢・避妊手術はしなくていいのでは？」と思うかもしれないけど、それは間違《まちが》い。細心《さいしん》の注意を払《はら》っても、脱走《だっそう》の可《か》能性《のうせい》はある。また、去勢・避妊手術をすることで防《ふせ》げる病気もあるし、発情期《はつじょうき》の問題行動も抑《おさ》えられる。複数匹《ふくすうひき》で飼うなら、なおのことです。

猫を迎《むか》え入れたら、獣医《じゅうい》さんと相談した上で、必ず去勢・避妊手術を。(保護猫施設《しせつ》などから迎え入れる場合は、手術済《ずみ》であることも多いです)

「多頭飼育崩壊《たとうしいくほうかい》」なんて悲《かな》しい言葉のない未来のために。

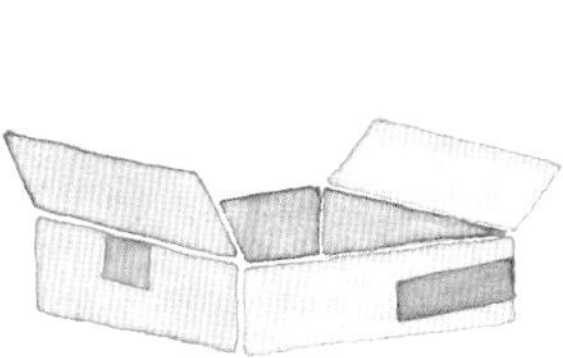

猫《ねこ》なのに
ねずみ算式に
増《ふ》えるので
増えないように
僕《ぼく》たちがする

3

名前

猫《ねこ》を飼《か》い始めると、その猫の名前が普段《ふだん》もっとも口にする言葉になります。
だから、名付けるときは慎重《しんちょう》に考えてから……なんてことは、全然言いません。

我《わ》が家《や》で言えば、「吾輩《わがはい》」と言いそうだから「なつめ」と名付けた猫は、いま「ヒゲ」と呼《よ》ばれています。

また、白地にグレーの柄《がら》だから「しぐれ」と名付けた猫は、いま「ニー」と呼ばれています。

さらに、濃《こ》い三毛猫だから「こみ」と名付けた猫は、いま「グタ」と呼ばれています。グタが何を意味するのか、呼んでいる僕《ぼく》らにもよくわかりません。いつの間にかそうなりました。ほんの二、三文字の本名なのに、一文字たりとも残っていません。完膚《かんぷ》なきまでに一切《いっさい》の原形を留《とど》めていないのです。

つまり、そういうことなのです。もっともよく口にするからこそ、どんどん呼びやすいあだ名になり、いつしか本名は、病院でしか使われなくなるのです。

なので、好きな名前を付けるのがいいと思います。

ヒゲのない
猫《ねこ》などいない
はずなのに
ヒゲと呼《よ》ばれる
顔をした猫

4

期待

僕《ぼく》が、猫《ねこ》のために、何かをしてあげることは、ない。

猫のためにしているように見えることは、実は全部自分のためだ。

我《わ》が家《や》には、庭に迷《まよ》い込《こ》んでくる猫のためのサンルームがある。寒くなってくると、外の猫が気になるため、ある年に増設《ぞうせつ》したのだ。冬、外に猫が来るときには、サンルームにホットカーペットを敷《し》いて、外猫用の寝床《ねどこ》を作る。これで、こちらも安心して寝られる。完全に自分のためだ。

猫におもちゃや爪《つめ》とぎ、おやつを買うことも同じ。僕が勝手にしていることだ。

だから、買ってきたおもちゃを不思議《ふしぎ》そうに眺《なが》めながら素通《すどお》りされても、全然悲《かな》しくない。

買ってきた爪とぎを尻目《しりめ》に、すぐ隣《となり》のソファで爪をとぎ始めても、全然悲しくない。

美味《おい》しそうに見えたおやつに一切《いっさい》口をつけてくれなくても、全然悲しくない。


全部僕のために買った僕のものだから。

猫は、期待に沿《そ》わない生き物だから。

期待に沿わないところが、いいのだから。

入ってた袋《ふくろ》のほうで
じゃれる猫《ねこ》
僕《ぼく》の選《えら》んだ
おもちゃをよそに

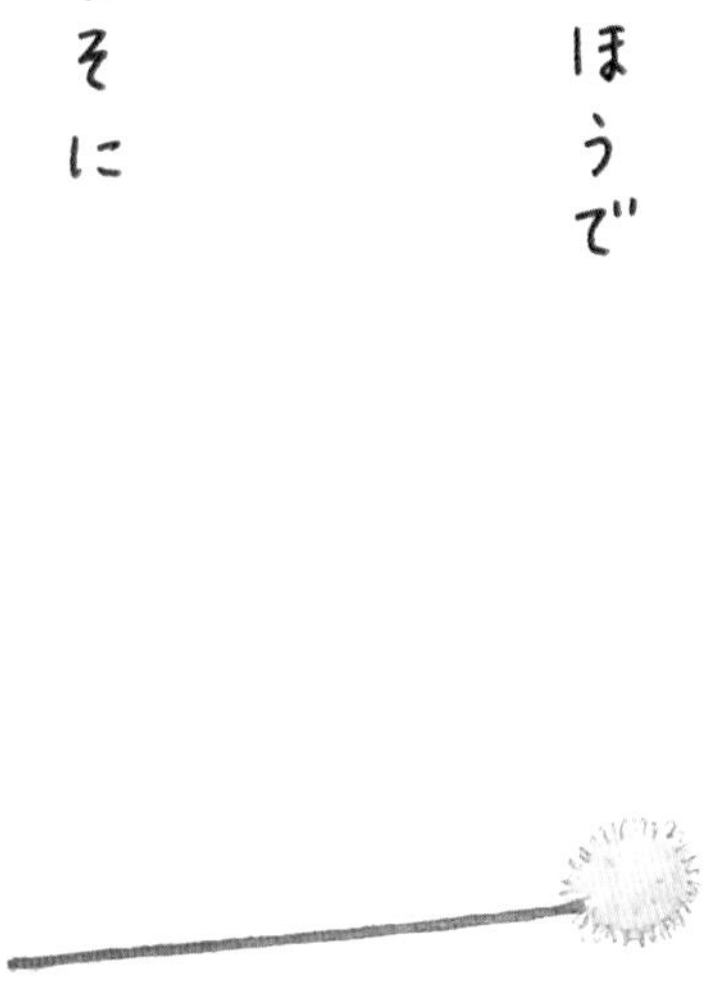

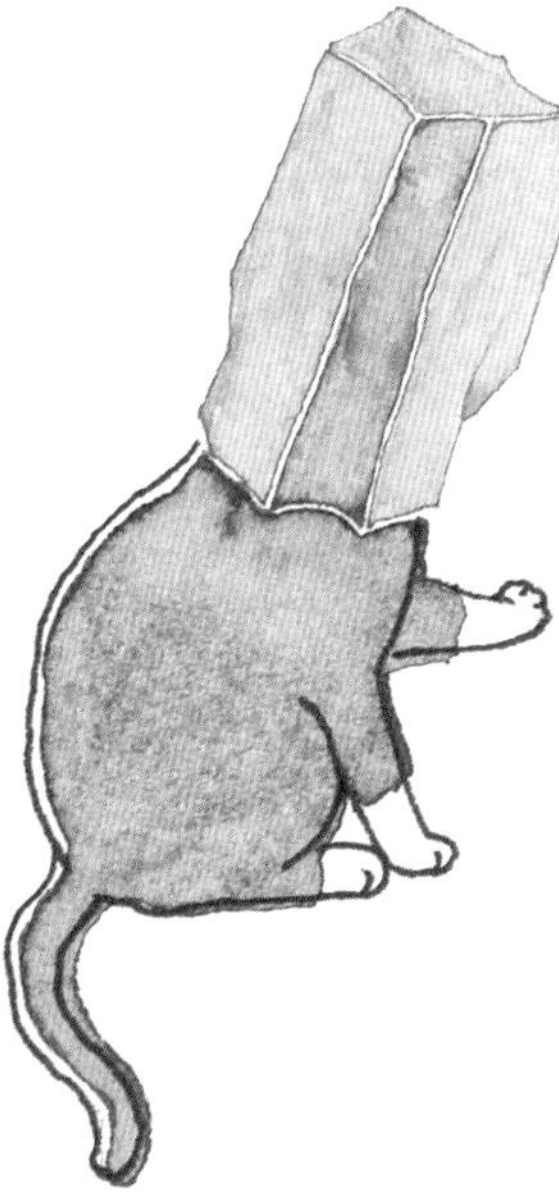

5

いたずら

猫《ねこ》はしつけられない。

トイレは、習得《しゅうとく》するまでの時間に差はあるけれど、みんなちゃんと覚えてくれる。(布団《ふとん》で粗相《そそう》したり、縄張《なわば》りの主張《しゅちょう》である「スプレー」をしたりする猫はいるが、それはまた別の話だ)

爪《つめ》とぎはどうだろう。思い通りの場所でといでもらうには、工夫《くふう》が必要かもしれない。ちなみに我《わ》が家《や》は、最初から家全体を爪とぎに見立てている。ソファや壁《かべ》はボロボロだけれど、気にならない。だって、この家はでっかい爪とぎなのだから。

猫にしてほしくないことがあれば、「人間が」工夫する。例えば、猫が何かを壊《こわ》したら、壊されるような場所に、壊されるようなものを置いた「人間」のせい。だから、叱《しか》らない、しつけない。あきらめることだって、立派《りっぱ》な工夫のひとつだ。強制《きょうせい》や矯正《きょうせい》じゃなくて共生《きょうせい》を。

「しょうがないなぁ」と苦笑いしながら、いっぱいあきらめてほしい。あきらめるって、素敵《すてき》なことだ。

これが負け惜《お》しみかどうかなんて、もう自分では全然わからないけれど。

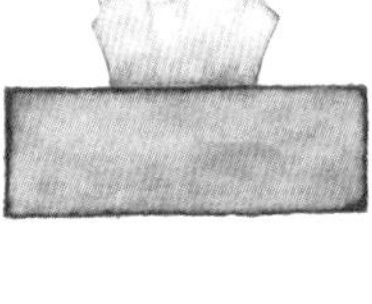

猫《ねこ》がしちゃ
いけないことの
ない家で
しなくていいこと
ばかりする猫

6

複数飼《ふくすうが》い

我《わ》が家《や》には、当初から猫《ねこ》が複数匹《ひき》いた。もし一匹だけだったら、と想像《そうぞう》してみる。

その猫は、朝、胸《むね》のあたりでゴロゴロと喉《のど》を鳴らすのだ。朝食を食べていると、足にすりすりと甘《あま》えてくるのだ。玄関《げんかん》で靴《くつ》を履《は》いていると、「行くの？」みたいな顔で小首《こくび》を傾《かし》げるのだ。この外出前の罪《ざい》悪感《あくかん》に、僕《ぼく》は耐《た》えられるのか。

外出先では、猫がひとりで寂《さび》しがっているのでは、と気になって、急いで家に帰ることになるだろう。そのうちに、外出自体が減《へ》っていくのだ。
そう考えると、僕が出不精《でぶしょう》と言われながらも、どうにか社会性《せい》を保《たも》てているのは、複数飼いのおかげかもしれない。
猫を飼うときは、一匹より二匹がおすすめ。(九匹はおすすめしない)
もちろん二つの命を預《あず》かることになるけれど、外出時の罪悪感は激減《げきげん》するし、楽しさは二倍以上になる。猫同士《どうし》が寄《よ》り添《そ》って寝《ね》たり、追いかけっこをしたりするのを眺《なが》める日常《にちじょう》は、無条件《むじょうけん》にいい。

そんな猫を眺めていたくて、今日もまた家から出ていない。

窓《まど》際《ぎわ》に
五匹《ひき》の猫《ねこ》が
並《なら》んでる
「るるるる」って
見えなくもない

7

室内飼《が》い

「脱走《だっそう》」なんて、映画《えいが》の中の言葉だと思っていた。

これまでに数回、猫《ねこ》を室外に出してしまったことがある。そのすべてが「脱走」という語感からはほど遠く、猫自身も気づいたら外にいた、みたいな事態《じたい》だった。自分で出たにも関わらず、「え？　なぜ私《わたし》はこんなところに？」という感じなのだ。外に出てしまった猫は訳《わけ》がわからず、その場で固まるか、やみくもに逃《に》げ出すかのどちらかだ。

逃げ出した猫を見失うと、ものすごい後悔《こうかい》の念が押《お》し寄《よ》せてくる。なぜもっと注意しなかったのだろう。事故《じこ》に遭《あ》っていないだろうか。他《ほか》の猫とケンカしていないだろうか。とにかく悪いことしか思い浮《う》かばない。

幸《さいわ》い、これまで戻《もど》らなかった猫はいないけれど、それはただのラッキーでしかない。

完全室内飼いと脱走防止《ぼうし》、絶対《ぜったい》。

それと、夏の網戸《あみど》にはご注意を。

一度、猫が飛びついた勢《いきお》いで網が裂《さ》け、身体《からだ》の前半分が外に出てしまったことがある。網戸に虫が止まっていたらしい。まったく猫は油断《ゆだん》ならない。

以降《いこう》、我《わ》が家《や》の網戸は、ステンレス製《せい》だ。

この家は長い道草なのですか
元野《の》良《ら》猫《ねこ》が外を見ている

8

魅力《みりょく》

幸せの終わる瞬間《しゅんかん》を実感したことは、あるだろうか。

僕《ぼく》はある。日常的《にちじょう》にある。

猫《ねこ》の喉《のど》の音が鳴り終わるとき、幸せは終わる。

ゴロゴロというか、グーグーというか、ブルブルというか、とにかく心地《ここち》よい音なのだ。ふわふわで、柔《やわ》らかくて、温かい背中《せなか》に触《ふ》れると、幸せは開演《かいえん》する。そして、何かの拍子《ひょうし》で予告《よこく》なく終演《しゅうえん》を迎《むか》えるのだ。寝息《ねいき》に変わることもあれば、突然《とつぜん》鳴り止《や》むこともある。その度《たび》に「この静けさが、幸せの終わった音だ」と思うのだ。

神様がいるとしたら、彼《かれ》(彼女《かのじょ》?)の一番の手柄《てがら》は、この猫の喉の音じゃないだろうか。まず発想がすごい。「心地よくなると、うっかり喉が鳴ってしまう」なんていう仕組み、どうやって思いついたのだろう。しかも猫自身にも、いつ鳴り始め、いつ鳴り終わるのか、わかっていないように見える。正《まさ》に神のみぞ知る、だ。

その上、その音は、この世で一番やる気の出ない、この世で一番素敵《すてき》な音ときている。

神様って天才だ。

幸せは重くて苦《にが》い
ひざに寝《ね》る
猫《ねこ》を起こさず
すするコーヒー

9

外の猫《ねこ》

実は、屋外《おく》で猫と出会うことが苦手《にがて》だ。苦手、というと少し語弊《ごへい》がある。猫はどこで会っても愛《いと》おしい。心持ちの整理《せいり》がつかない、というか。

外猫が置かれている状況《じょうきょう》は、さまざまだ。人間に捨《す》てられた猫もいれば、育児放棄《いくじほうき》で母猫に置いていかれた猫もいる。地域《ちいき》猫として、その地区で面倒《めんどう》を見られていることもあれば、出入り自由な飼《か》い猫である可能《かのう》性《せい》もある。

冬場に出会うと「暖《だん》を取れる場所はある

だろうか」、「食べ物は足りているだろうか」と、ざわざわする。猫にとっては、まあ、大きなお世話だろうけど。声をかけてみて寄《よ》ってくると、「元飼い猫なのかも」と切《せつ》なくなる。もちろん、無視《むし》をされても切ない。
逆《ぎゃく》に、通りかかった家の窓辺《まどべ》に猫を見かけたりすると、もうラッキーデー確定《かくてい》。偶然《ぐうぜん》見かける屋内の猫って、なぜあんなに幸せそうに見えるのだろう。

猫にはより多くの家の窓辺で、日向《ひなた》ぼっこをしてもらいたい。
結果として、僕のラッキーデーが増《ふ》えると、なお嬉《うれ》しい。

ノラなのに
人なつっこい
おそらくは
過去《かこ》に名前で
呼《よ》ばれてた猫《ねこ》

10

心がけ

猫《ねこ》のために飼《か》い主《ぬし》ができることは、意外と少ない。

エサをあげること、トイレ掃除《そうじ》、部屋の温度調《おんどちょう》節《せつ》、適切《てきせつ》な通院、脱走防止《だっそうぼうし》、遊ぶこと、話すこと、なでること、あと、気づくことくらいではないか。

猫は、「寝子《ねこ》」が語源《ごげん》という説があるくらいなので、よく寝る。本当にずっと寝ているので、変化に気づきにくい。だから、トイレ掃除のときには、尿《にょう》の量や色、便《べん》の硬《かた》さなども観察する。また、なでるときには、毛ヅヤ、肉付きの変化、腫《は》れ、ケガなどがないかに気をつける。触診《しょくしん》をするような感じ。

何か異変《いへん》に気づいたらすぐに病院へ。猫の時間は濃密《のうみつ》で、速い。億劫《おっくう》がらず、何もなければ「何もなくてよかった」というくらいの気持ちで。

「この先生でダメなら仕方がない」と思える病院をかかりつけにすること。その病院が休みのときのために、休診《きゅうしん》日の違《ちが》う二軒《けん》目の病院も押《お》さえておくこと。もちろん最寄《もよ》りの救急《きゅうきゅう》病院もチェックしておくこと。

……と考えていくと、飼い主にもできることは、意外とある。

預言者《よげんしゃ》が
未来を憂《うれ》う顔をして
用を足してる
猫《ねこ》が好きです

11

別れ

猫《ねこ》を飼《か》うということは、その猫を看取《みと》る、ということ。つまり、必ず大好きな存在《そんざい》との死別と向き合うことになります。

「飼う前からそんな悲《かな》しいこと考えたくないよ……」と思うかもしれません。でも、看取るまで全部含《ふく》めて「飼う」ということなので、飼う前に考えておくべきだと思うのです。


猫の死は、きつい。

どこかをもがれたような感覚がずっと続く。突然《とつぜん》、腹《はら》の底から「悲しみ」としか言えないものがせり上がってきて、吐《は》くように泣いてしまう。自分ではまったく制御《せいぎょ》できない。何度経験《けいけん》しても右往左往《うおうさおう》してしまう自分の気持ちを、どうにかやり過《す》ごすためにたどり着いた考え方がある。名付けて「幸福前借り理論《りろん》」。

すなわち、こういうことだ。猫との暮《く》らしで得《え》てきたおだやかさとか、やわらかさとか、あたたかさとか、おもしろさといった幸せの数々は、全部返済《へんさい》の義務《ぎむ》がある「前借り」なのだ。そして、前借りした幸せを返済する唯《ゆい》一《いつ》の方法が、「その猫を看取ること」なのだ。

僕《ぼく》がお守りのように、いつも心に携《たずさ》えているこの理論を、これから猫を飼うみなさんにもおすそわけしたいと思います。

幸せは
前借りであり
その猫《ねこ》を看取《みと》って
やっと
返済《へんさい》できる

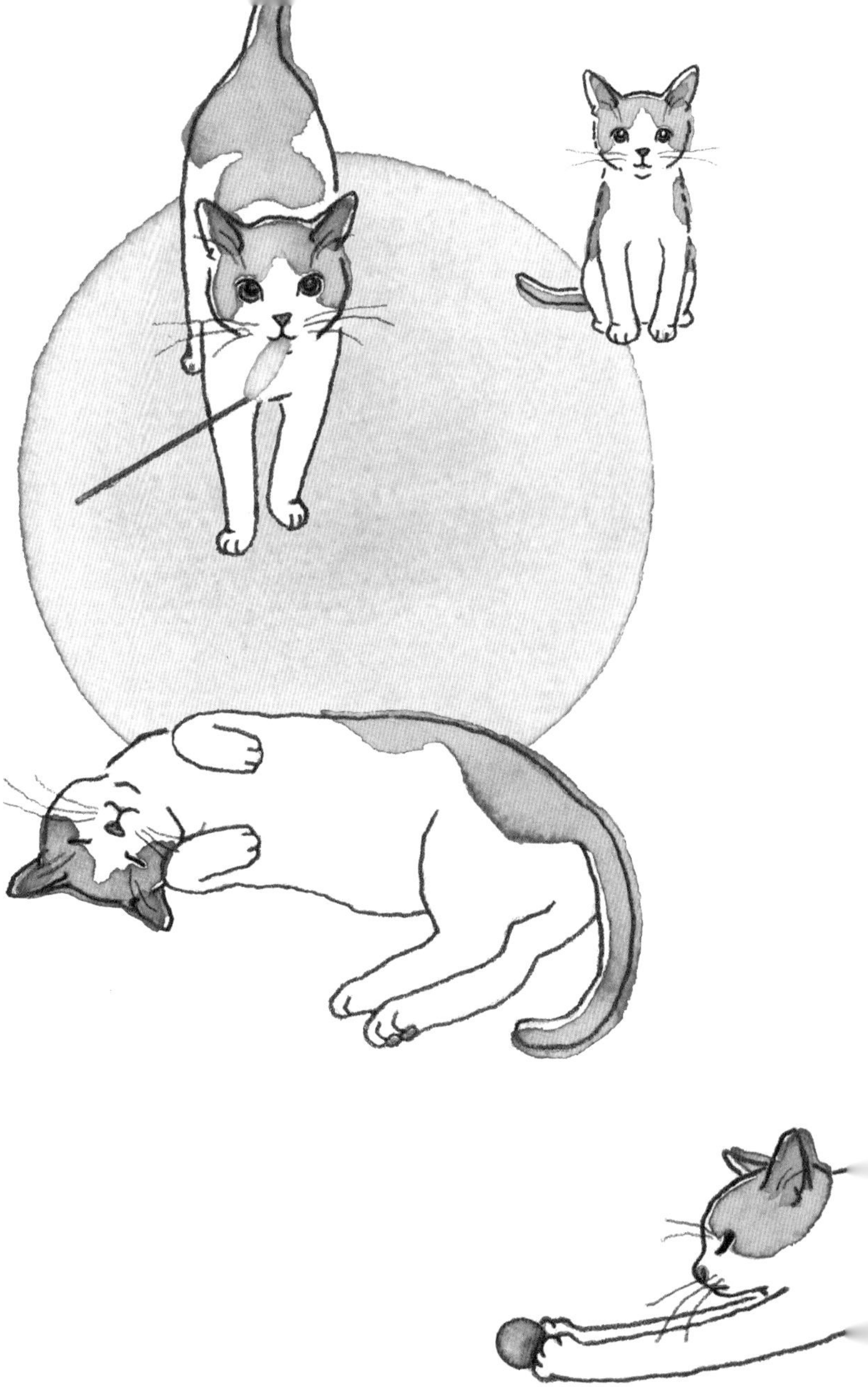

仁尾 智（にお・さとる）
1968年生まれ。猫歌人。1999年に五行歌を作り始める。2004年「枡野浩一のかんたん短歌blog」と出会い、短歌を作り始める。短歌代表作に『ドラえもん短歌』（小学館文庫）収録の《自転車で君を家まで送ってたどこでもドアがなくてよかった》などがある。『猫びより』にて「猫のいる家に帰りたい」、『ネコまる』にて「猫の短歌」を連載中。著書に『猫のいる家に帰りたい』（絵・小泉さよ）。
公式サイト http://kotobako.com

小泉さよ（こいずみ・さよ）
1976年東京都生まれ。おもに猫を描くフリーイラストレーター。著書に『猫ぱんち—一匹の猫との暮らし—』『和の暮らし』『もっと猫と仲良くなろう!』『さよなら、ちょうじろう。』『うちの猫を描こう!』『猫のいる家に帰りたい』等。『猫びより』の連載「猫のいる家に帰りたい」では絵を担当。
公式サイト
https://www.sayokoizumi.com

短歌初出一覧
P.6、22『天然ねこ生活』（地球丸）
P.18『NHK短歌』2013年5月号（NHK出版）
P.26、31、38、43 枡野浩一のかんたん短歌blog
P.34『ネコまる』2009年夏号（辰巳出版）
本書は、私家版『これから猫を飼う人に伝えたい10のこと』を
加筆・修正した上で、再構成したものです。絵はすべて描き下ろしです。

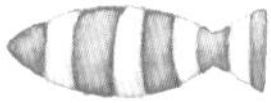

これから猫《ねこ》を飼《か》う人《ひと》に伝《つた》えたい11のこと
2021年8月5日 初版第1刷発行

短歌・文 仁尾 智
絵 小泉さよ
AD 山口至剛
デザイン 山口至剛デザイン室（韮澤優作）
編者 「猫びより」編集部（宮田玲子）
発行者 廣瀬和二
発行所 辰巳出版株式会社
〒160-0022
東京都新宿区新宿2丁目15番14号 辰巳ビル
電話 03-5360-8097（編集部）
03-5360-8064（販売部）
http://www.TG-NET.co.jp
印刷所 図書印刷株式会社

ISBN978-4-7778-2765-7